刺青

[日] 谷崎润一郎 著
[日] 夜汽车 绘
温雪亮 译

江苏凤凰文艺出版社

江苏省版权局著作权合同登记号 图字：10-2024-418 号

SHISEI by JUNICHIRO TANIZAKI
Illustrations copyright © 2021 YOGISHA
Originally published in Japan by Rittorsha, Rittor Music, Inc.
Simplified Chinese translation rights arranged with
Rittor Music, Inc. through AMANN CO., LTD.

图书在版编目（CIP）数据

刺青 /（日）谷崎润一郎著 ；（日）夜汽车绘 ；温雪亮译 . -- 南京 ：江苏凤凰文艺出版社，2025.5.
（文豪绘本）. -- ISBN 978-7-5594-8964-7
Ⅰ. I313.45
中国国家版本馆 CIP 数据核字第 2024VC2422 号

刺青

[日] 谷崎润一郎 著　[日] 夜汽车 绘　温雪亮 译

责任编辑	白　涵
装帧设计	纽唯迪设计工作室
出版发行	江苏凤凰文艺出版社
	南京市中央路 165 号，邮编：210009
网　　址	http://www.jswenyi.com
印　　刷	北京盛通印刷股份有限公司
开　　本	880 毫米 ×1230 毫米　1/ 24
字　　数	31 千字
印　　张	2
版　　次	2025 年 5 月第 1 版
印　　次	2025 年 5 月第 1 次印刷
标准书号	ISBN 978-7-5594-8964-7
定　　价	48.00 元

江苏凤凰文艺版图书印刷，装订错误，可向出版社调换，联系电话 025—83280257

初次刊载:《新思潮》一九一〇年十一月号

著·谷崎润一郎

明治十九年（一八八六年）生于东京。东京帝国大学国文学部中途退学。在校期间创立同人杂志《新思潮》，并在上面发布《刺青》等作品。代表作有《痴人之爱》《春琴抄》《细雪》《阴翳礼赞》等。

绘·夜汽车

插画家。钟爱少女题材和19世纪末期插画风格。以怀旧且朴素的氛围风格为自己创作的目标。作品有《夜长姬与耳男》《童话古书店：夜汽车幻想插画集》《幻境夜曲：夜汽车10年风格演变录》等。

那是人们将"愚蠢"视为高贵道德的年代,世人并非像现在这般相互争执。王侯与年轻少爷悠闲的脸上不见丝毫阴沉,女侍与花魁的笑声不绝于耳,耍嘴皮子的茶坊主[1]以及帮闲[2]这类职业在当时还相当流行,总之那时的社会很是逍遥快活。女定九郎、女自来也、女鸣神——不论是当时的戏剧还是草双纸[3],无不以貌美者为强者,丑陋者为弱者。世人无不努力变美,最终使得人们在自己与生俱来的身体上注入颜色。于是芳烈绚烂的线条与颜色,便开始在那时人们的肌肤上舞动起来。

前往马道的客人,会选择乘坐身上文有漂亮刺青的轿夫的轿子。吉原与辰巳的女人们也会看中有漂亮刺青的男人。赌徒和鸢者[4]自不必说,就连那些町人[5]以及少见的武士身上,也都有刺青。时不时在两国举办的刺青会上,与会者拍打着各自的皮肤,彼此炫耀并评价起有着新奇意匠的刺青图案。

---

1 茶坊主是司茶的职位,专门负责整理茶具、泡茶招待客人等。
2 帮闲是自日本战国时代就出现的一种职业,类似于"男艺人",主要工作就是在宴会之类的酒局上手持太鼓,协助艺妓,或者帮忙助兴。
3 草双纸是自日本江户时代中期开始在江户出版的有插图的娱乐读物。
4 鸢者是日本江户时代的消防员。
5 町人的范围比较宽泛,一般指商人、手艺人、工匠以及城镇居民。

一位叫作清吉的年轻刺青师技艺高超。其技艺之高，绝不输给浅草的茶利文、松岛町的奴平以及恳恳次郎等名家，他也因此受到人们的称赞，数十人的肌肤成为其笔下的薄绫。刺青会上，广受好评的刺青多是出自他手。据说达摩金善于晕染刺青，唐草权太作为朱刺的名手备受世人称赞，清吉则以奇特的构图以及妖艳的线条闻名于世。

　清吉原本就仰慕丰国国贞[1]的画风，本想作为浮世绘画师度过此生，虽然后来堕落成为刺青师，但依旧残存着身为画师的良心与敏锐直觉。除非有能令其心仪的皮肤以及骨骼，否则休想购买他的刺青。就算无意中得到他创作的许可，一切构图和费用都要听从他的安排，还要忍受长达一两个月之久的令人难以忍受的针刺之苦。

1　歌川国贞（1786—1865），江户时代著名的浮世绘画师之一，师承歌川丰国，晚年使用老师"丰国"之名，擅长美人图与春宫图。

在这位年轻刺青师的心中,潜藏着不为人知的快乐与夙愿。当他用针尖刺进人们肌肤的时候,大多数男人都会难以忍受饱含鲜红血液肿胀起来的肌肉所伴随的疼痛,从而发出痛苦的呻吟声,然而这种呻吟声越是激烈,他越能感受到那不可思议且难以言表的愉悦之情。传闻在刺青的过程中,最为特殊的痛苦当属朱刺与晕染——他却极为喜欢这个步骤。客人来刺青时,平均每天要被刺五六百针,为了更好地上色,还要浸泡在热水里。这些人无不半死不活地倒在清吉的脚下,身体久久无法动弹。清吉总是看着人们可怜的样子,展露爽快的笑容说道:"想必一定很疼吧?"

每当有懦弱的男子发出悲鸣,呲牙咧嘴露出宛如死之将至般痛苦的表情时,清吉就会说:"你可是江户男儿。忍耐点吧——因为我清吉的针可是异常痛的。"

此言说罢,他便斜眼看着痛哭流涕的男子,满不在乎地用针继续刺去。如若能够遇上可以强忍疼痛,沉住气,连眉头都不皱一下的人的话,清吉就会露出白牙笑着说:"真看不出来,你竟然能忍下去啊——不过你瞧好了,接下来就会让你痛到难以忍受。"

他多年以来的夙愿其实是找到一位美女散发着光辉的皮肤，在上面刺入自身的灵魂。对于该女子的素质与容貌，他还有着各种各样的要求。如果只是美丽的容貌、漂亮的肌肤，是无法令其满足的。他调查了江户城中烟花柳巷内那些出名的女子，难以找到令自己中意的人。他在心中勾勒着那未曾谋面之人的身姿，即便徒劳憧憬了三四年，依旧不愿放弃这一念头。

恰好在第四年夏日的某天傍晚，他经过深川一家名为平清的料理店前，偶然见到一顶轿子停在门口，并且注意到轿帘里面露出了一双雪白的女人裸足。在他眼中，人的脚跟脸一样，都有着复杂的表情。那位女子的脚，令他如获至宝。从拇指一直到小脚趾，五根纤细的脚趾整齐地排列在一起，脚趾的颜色丝毫不输给在绘之岛海边捕获到的淡红色贝壳，脚跟则圆如玉石，润泽的肌肤不禁使人怀疑那是用从岩间不断流出的清澈泉水冲洗出来的。她的这双脚，用不了多久便会因男人新鲜的血液变得丰满，并且还会践踏男人的身躯。能拥有如此双足的女子，才是他长久以来苦苦寻觅的对象。清吉抑制住欢欣雀跃的内心，为了能够见到此人的容貌，他尾随在轿子后面。可跟着走过两三条街道后，轿子竟然不

清吉的憧憬逐渐变成了强烈的爱恋，这一年便这样结束了，但就在第五年春季过半的某天清晨，事情出现了转机。在位于深川佐贺町的家中，嘴里叼着牙签的清吉正眺望着摆放在斑竹¹走廊上的万年青盆栽时，他注意到有人经过庭院的木制后门前来拜访，自矮篱笆的后面，走进一位从未见过的年轻姑娘。

此人其实是与清吉相熟的辰巳艺妓派来的人。

"姐姐让我将这件外褂交给清吉师傅，拜托您在衣服里面画幅画……"姑娘解开姜黄色的包袱皮，从中取出用岩井杜若²肖像画般的包装纸包裹起来的女性外褂以及一封信。

信中除了拜托外褂一事外，末尾还写道——派去的这位姑娘近来将以我妹妹的身份前去接客，请别忘了我，也请多加关照这位姑娘。

---

1 枯萎的、表面生了锈色斑点的竹子，因其独特风致，常被用作装潢材料。也有用硫酸烧制而成的斑竹。
2 岩井杜若（1776—1847），即五代目岩井半四郎，是在江户化政文化时期以女装活跃的歌舞伎演员。

"我不曾记得见过你的样貌。你在此之前有没有来过这里?"

说完此话的清吉,频繁打量着姑娘的样子。她的年纪应该有十六七岁,不过由于常年生活在风月场所,她的容貌竟然出奇地妩媚,仿佛成熟妇人般已经玩弄过数十名男性的魂魄。在这个将全国的罪孽与财富都汇聚在一起的首都里,从几十年前便不断浮沉着众多美丽的男男女女,而这位姑娘的容貌,正是自那些人的种种幻梦中诞生出来的美貌。

"去年六月的时候,你有从平清坐轿子回去过吗?"清吉一边询问一边让姑娘坐到外廊上,仔细打量起她那双搭在备后表[1]榻榻米上的精巧的裸足。

"没错,那时家父还健在,因此常常前往平清。"

姑娘笑着回答了这个古怪的问题。

"如今正好五年了,我一直在等你。虽然是头一次见到你的容貌,但我记得你的脚——我有东西要给你看,进来看一下吧。"

清吉拉住准备告辞离去的姑娘的手,将其带到能够望见大河流水的二楼房间后,便取出两幅卷轴,然后当着姑娘的面展开了其中一幅。那是一幅描绘有古代暴君纣王的宠妃末喜[1]的画作。她那娇弱的身躯难以承受镶嵌着琉璃珊瑚的金冠的重量,吃力地倚靠着栏杆,华丽的衣裙飘扬在阶梯之上,右手拿着大酒杯,注视着庭前正在被处刑的男子。这男子的四肢被铁链束缚在铜柱上,在王妃的面前低着头,紧闭双眼,等待最后命运的到来。这简直是一幅巧绝天工的作品。

姑娘对这幅画凝视许久,看到出神,然后她的眼睛在不知不觉中开始发亮,嘴唇开始抖动。而且奇怪的是,她的脸逐渐变得跟王妃一样。姑娘在画中的某处,找到了真正的"自己"。

---

1 末喜其实是夏桀的宠妃。此处应为谷崎润一郎的笔误。

"此画映照出了你的心。"

说完此话的清吉,一边快活地笑着,一边悄悄看着姑娘的脸。

"为何让我看如此恐怖的画作?"

姑娘抬起苍白的脸询问道。

"这幅画中的女子就是你。她的血液正与你的身体相互交融。"

说完,他又展开另一幅画。

那是一幅名为《肥料》的画作。画面的中央,年轻的女人将身体依靠在樱花树的树干上,注视着脚下那堆男性的尸骸。女人的身边是一边飞舞一边吟唱着凯歌的小鸟群,她的眼里洋溢着难以压制的骄傲与喜悦。这到底是战后的场景,还是花园内的春色?见到这幅画作的姑娘,似乎发现了潜藏在内心深处的某种东西,并开始寻找起来。

"此画呈现出来的便是你的未来。倒在地上的这些尸骸,全都是为你舍弃生命的家伙。"清吉指着跟姑娘长相丝毫无差的画中女子说道。

"求求您,赶快把画收起来吧。"

姑娘像是在逃避诱惑似的,背对着画面将身体趴在榻榻米上,不一会儿便再次颤动起嘴唇。

"师傅,我坦白告诉您吧。正如您察觉到的一样,我确实有着如画中女人一般的性格——所以您就饶过我吧,赶紧将画收起来吧。"

"别说如此卑怯的话,你再好好看看这幅画。即使会感到害怕,也就只有这时候而已。"

说到这里,清吉的脸上流露出了坏笑。

然而姑娘不愿轻易抬起头。她将脸藏在和服的衬衣里面,就这样始终趴在榻榻米上。

"师傅,就请让我回去吧。我害怕待在您的身边。"

姑娘不断恳求道。

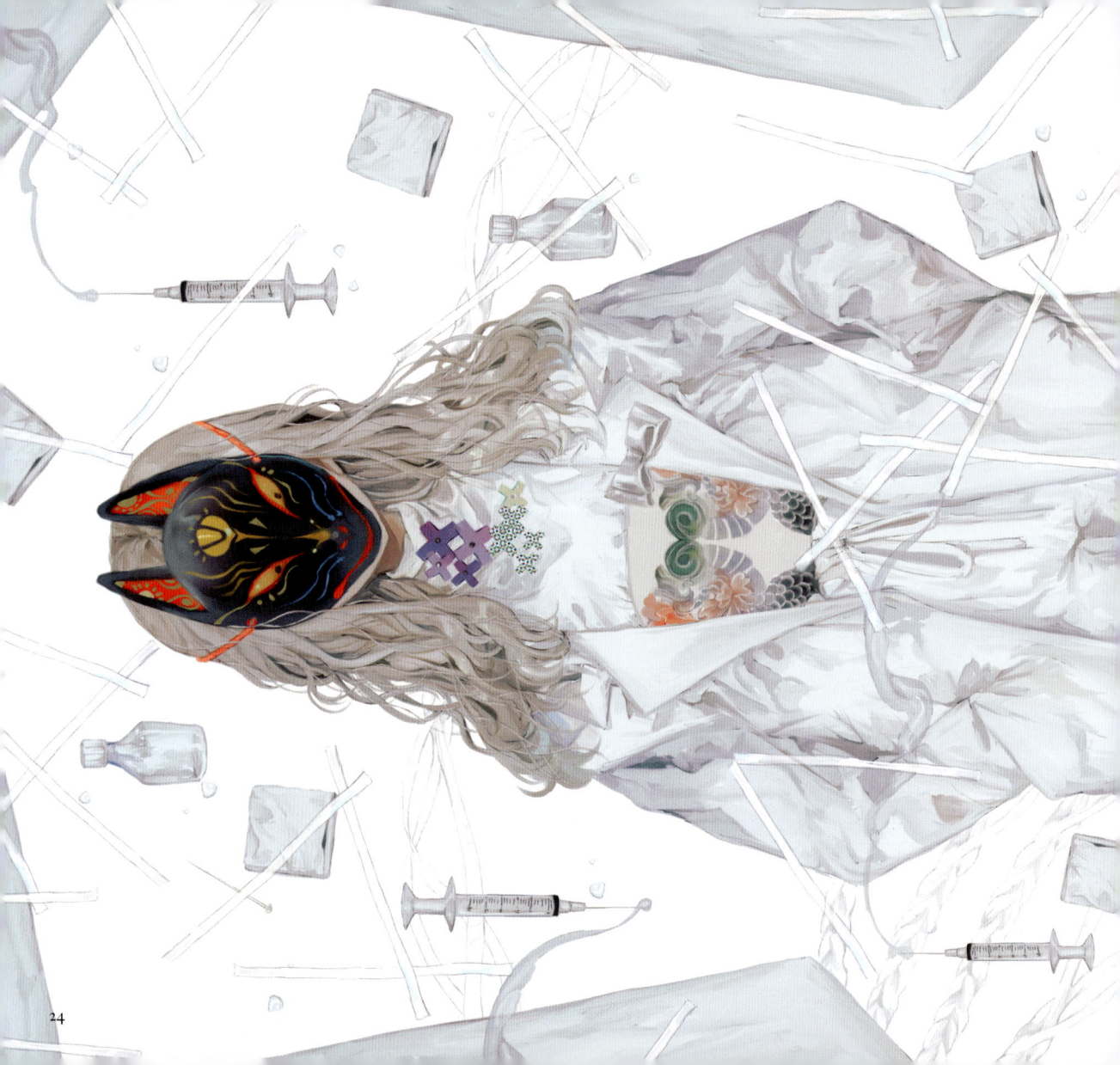

"请等一下。我要将你变成拥有最美姿色的女人。"

清吉一边说着,一边若无其事地走到姑娘的身边。在他身上,藏着从荷兰医生那里讨要来的装有麻醉剂的瓶子。

明媚的阳光照射在河面之上，将有八叠大小的房间映照得如燃烧一般发亮。水面上反射出的光线，照射在正在沉睡中的姑娘那天真无邪的脸上，还在纸拉门上描绘出了金色的波纹。手持刺青道具的清吉将房门紧闭，恍惚地坐了片刻。他于此刻开始，品味起这女子不可思议的相貌。面对这一动不动的脸庞，纵使让他静坐在这间屋子里十年百年，也不会感到厌烦。就如同古代孟斐斯的民众用金字塔和狮身人面像装点庄严的埃及天地一般，清吉也将自身的爱慕，通过着色，注入她纯洁的皮肤上。

不多时，他将用小拇指与无名指夹着画笔笔尖的左手搭在姑娘的背上，然后抬起右手，用针刺进她的身体。年轻刺青师的灵魂溶于墨汁之中，渗进了对方的皮肤。混合着烧酒的琉球红，每一滴都代表着他的生命。他从中见到了自己灵魂的颜色。

不知不觉间中午已过，悠闲的春日逐渐迎来黄昏，然而清吉的手一刻都不曾停歇，女子也未曾从睡梦中醒来。由于担心晚归的姑娘，箱屋[1]便前来接人，但清吉说"那位姑娘早就回去了"，将对方打发走了。

月亮悬挂在对岸土州府邸的上空，当如梦般的月光涌入各家各户房间里时，刺青尚未完成一半，于是一心工作的清吉便挑亮蜡烛的灯芯。

对他而言，每注入一滴颜色都绝非易事。每次上针、拔针都会进行深呼吸，犹如自身的内心被针扎一般。针刺的痕迹逐渐形成了巨大的女郎蜘蛛的形象，待到夜晚再度迎来东方初白之时，此等不可思议之魔物，伸出了八条腿，盘踞在对方的整个后背上。

---

1 箱屋指的是带着三味线等物品的艺妓跟班。

春季的夜晚，在上下行驶的河船的摇橹声中等来了黎明，白色的船帆被清晨的风吹动，往下方航行，中洲、箱崎、灵岸岛各家各户的屋瓦在淡薄的朝霞中散发出光芒之时，清吉慢慢放下画笔，注视起刺在姑娘后背上的蜘蛛。这件刺青等同于他全部的生命。在完成这番工作后，他的内心变得空虚起来。

二人的身影就这样久久不曾动过。随后，一个低沉且沙哑的声音回荡在房间的四周。

"为了使你成为真正的美女，我在这个刺青中注入了自己的灵魂。从今天开始，在整个日本国内，不会再有胜于你的女人了。你也不用再像从前那样怯懦了。那些男人，全将成为你的肥料……"

或许是理解了这番话的意思，从女人的嘴唇里发出了如细丝般微弱的呻吟。她慢慢恢复了知觉，然后深深地吸气，接着又深深地呼气，背后的蜘蛛腿就跟活了一样蠕动着。

"很难受吧?那蜘蛛正死死缠住你的身体。"

听完此话,姑娘下意识地微微睁开眼睛。她的瞳孔犹如愈发明亮的宵月,发出的光辉渐渐照亮了男人的脸庞。

"师傅,快让我看看背后的刺青吧,既然融入了您的生命,想必我一定变得很美了吧?"

姑娘的这番话仿佛梦话一样,但语气中蕴涵了尖锐的力量。

"那个,接下来要前往浴室进行上色。由于相当痛苦,你可要忍住啊。"

清吉凑到姑娘耳边,安慰似的小声说道。

"只要能变得美丽,不论怎样的痛苦我都能忍受住。"

姑娘忍耐着身体的疼痛,强行挤出微笑。

"啊,接触到热水后太痛苦了……师傅,您就别管我了,去二楼等着吧。我不想让男人见到自己的这番惨状。"

姑娘全然不顾刚出浴还没有擦拭的身体,一把推开清吉伸过来的用来慰藉自己的手,那剧烈的痛苦令她倒在浴室的木地板上,并且发出如被梦魇纠缠般的呻吟声。疯癫状态下的头发凌乱地黏在脸颊上。她的身后立有一个镜台。从中能够见到那双雪白的足底。

女人与昨日大相径庭的态度令清吉震惊无比,他按照对方的要求,独自一人在二楼等待着。大约过了半个时辰,洗好头发将其垂在两肩,并整理好衣装的女人来到楼上,不曾再见到先前的痛苦,她露出爽朗的神态,身体倚靠在栏杆上,抬头仰望起朦胧的天空。

　　"这画就与这刺青一同送你,带着它们回去吧。"

　　说完此话的清吉,将画卷放在女人面前。

　　"师傅,我已舍弃了从前那份怯懦——就让您率先成为我的肥料吧。"

　　女人的瞳孔发出如利剑般的光芒,耳边还响起了凯歌的旋律。

1　图中文字为"肥料绘卷"。

"回去之前,再让我看看那个刺青吧。"

清吉说道。

女人默默点了点头,然后将衣服脱下。她背后的刺青在朝阳的照射下,看上去是那么灿烂。

"这座美丽的岛屿已经宛若地狱。" 　　　　　"然而，你，你却，不曾记得我！"

《瓶装地狱》
[日] 梦野久作 著　　[日] 仄白 绘

《外科室》
[日] 泉镜花 著　　[日] 仄白 绘

海边漂来三封信，
上面讲述了一对遇难兄妹在无人
岛上的生活。

在外科室接受手术时，
夫人拒绝麻醉。
她的眼睛一直盯着外科医生高峰。

"回去之前,再让我看看那个刺青吧。"

清吉说道。

女人默默点了点头,然后将衣服脱下。她背后的刺青在朝阳的照射下,看上去是那么灿烂。

"这座美丽的岛屿已经宛若地狱。"   "然而,你,你却,不曾记得我!"

《瓶装地狱》
[日] 梦野久作 著　　[日] 仄白 绘

《外科室》
[日] 泉镜花 著　　[日] 仄白 绘

海边漂来三封信,
上面讲述了一对遇难兄妹在无人
岛上的生活。

在外科室接受手术时,
夫人拒绝麻醉。
她的眼睛一直盯着外科医生高峰。

我开始对着镜子悄悄化起妆来。 　　"这束花搭乘着马车，在海岸播撒完春天后，来到了这里。"

《秘密》
[日] 谷崎润一郎 著　　[日] 松尾裕美 绘

《春天乘着马车来》
[日] 横光利一 著　　[日] ITOATSUKI 绘

每个夜晚都精心伪装出行的我，
在那一夜与从前的情人重逢了。
就这样，我与她之间秘密的相会开始了。

他已经无所谓了，就这样吧，
什么时候死都行。
在海边的小屋，他照顾着一天比一天病重的妻子。

"那么,接下来要施展变形术了。你今晚想要变成什么?"

《魔术师》

[日]谷崎润一郎 著　　[日]SHIKIMI 绘

我的灵魂就像被磁石吸引的铁片一样,
被魔术师吸引。
初夏的夜晚,和恋人一起去公园的我,
遇到了住在那里的一座小屋中美丽的魔
术师。